大别山传

——山的史诗

田君 著

中国文史出版社

图书在版编目（CIP）数据

大别山传:山的史诗/田君著.--北京:中国文
史出版社,2024.10.

ISBN 978-7-5205-4789-5

Ⅰ.Ⅰ227

中国国家版本馆 CIP 数据核字第 2024K8N661 号

责任编辑：方云虎
封面设计：盛醉墨

出版发行：中国文史出版社
社　　址：北京市海淀区西八里庄路 69 号
邮　　编：100412
电　　话：010-81136630
印　　装：郑州宁昌印务有限公司
经　　销：全国新华书店
开　　本：880 毫米×1230 毫米　　1/32
印　　张：5.25
字　　数：100 千字
版　　次：2025 年 3 月北京第 1 版
印　　次：2025 年 3 月第 1 次印刷
定　　价：79.00 元

目 录

序 诗

是谁雕琢出这一片山丘、溪流、沟壑

又是谁镶嵌了玉石、鸟兽、云朵

这些无法一一描述的事物

共同构成了这起伏有度的八百里江山

抬升、隆起——

亿万年沧海桑田

只是序曲与前奏

修身、齐家——

数千载三缄其口

只是酝酿和发酵

所有这些铺垫，为的都是——

1921 年的那场春花

1949 年的那场焰火

从白马尖[1]山顶的飞鸟

到三河尖[2]河心的浪涛

高，可入云端

1　白马尖，为大别山最高峰，海拔1777米。位于安徽省六安市霍山县和岳西县交界，因山峰形似白马，且常年白云缭绕，故称白马尖。

2　三河尖，为淮河流域最低处，海拔23.2米。地形属倾斜平原，因淮河、史灌河、泉河三条河流交汇口的尖角形河湾而得名，现隶属河南省信阳市固始县。

低，则隐于泥土

两个完全不同的视角

得出了同样的结论

一场岩浆和热土的革命

没有谁能置身事外

没有谁可以无动于衷

那些原本质朴的事物

石头、竹子、枫叶、木船、农具、马灯……

以及在风中摇曳的茅草、芦苇、柳枝、

狗尾巴草……

组合成这真实具象的大别山

充满神秘的鄂豫皖

三省交会

三不管

三生万物

高过河流、湖泊、房舍、树梢……

次第隆起

侧卧成岭

耸立成峰

他们因革命而放低了身段
又因革命而获得了高度

从西北往东南
连绵二百七十多公里的脊梁、骨骼、虎背、
　熊腰
担起这山南广袤，山北富庶的平原、丘陵、
　盆地
以此山为原点、中心——
一股巨大的能量

正在一点点集聚……

从每一棵树、每一株草开始
那迎风低吟的马尾松、油板栗、甜柿子
那叫杉、叫槭、叫枫、叫栎，叫油桐、乌桕、
　　刺槐、漆树、石斛、天麻、杜仲的后生
叫银杏、油茶、茯苓、百合、灵芝、石耳、
　　香菇、木耳、杜鹃、桂花、野山核桃的
　　山姑、村姑们
——这些革命的积极分子

从身体，到心灵

都全程参与了组织和暴动

腥风、血雨、硝烟、杀戮

是 20 世纪前半叶的主题词

是肉眼就能分辨的病灶

一种恶性毒瘤

长满欧洲的白脸颊

也长满亚洲的黄皮肤

中国，更是满目疮痍

这次，大别山没能"大别于他山"³

而是破碎成杂乱的一片……

内战的阴云久久不散

外侮的淫雨倾泻了十四年⁴

是抗争，还是沉沦？

一座由花岗岩堆积而成的山

只有一个选项——战斗

深度地介入

倾尽所有

3　相传，西汉史学家司马迁（前 145—前 87）年轻时曾游历许多名山大川，当他在大别山主峰观赏到南北两侧的景色后感叹道："山之南山花烂漫，山之北白雪皑皑，此山大别于他山也！"大别山由此得名。

4　指从 1931 年日本侵占东三省，到 1945 年抗日战争结束。

奉献全部

——木材、铁、硫黄、铜、粮食、蔬菜、

　盐、瓜果、动物

不计其数的男女老幼

倔强地挥毫

潇洒地泼墨

用整整一个章节的篇幅

写满国恨的地方志和民族史

写满家仇的族谱和民间故事……

二十八年⁵太长

长过了个体生命的三分之一

在特殊的年月

很多人甚至没能活到这个岁数

在巨大的牺牲面前

生命像浮萍一样轻

每一场生离，都刻骨铭心

每一次死别，都惊心动魄

一百年⁶太短

5　指大别山地区从1921年至1949年的二十八年间革命斗争从未间断的历史。

6　指中国共产党从1921年到2021年建党一百年的历史。

无论是一座山

还是一个政党

百年都不过是一瞬

初心不改的中国共产党刚刚收拾好行囊

"中国梦"的担子刚刚挑上肩头

那前筐里的"复"

那后筐里的"兴"

同样千钧之重

巍巍大别山

觉醒与大革命

（1920 年 3 月—1927 年秋）

启蒙与觉醒

一定和春天有关

时间的选择总是别有深意

一个昏昏沉睡的东方国度

在 20 世纪初

睁开了惺忪的眼睛

五四的风、共和的雨、新文化的雷、共产

　主义的电……

沿平汉铁路[7]一路向南

最终在武汉

擦出了一批火星

尽管懵懂，却火花四溅……

7　平汉铁路，即北平至汉口铁路线，今京广铁路北段的旧称。后诗中特指河南省信阳市浉河区柳林附近铁路线，红四方面军转移，红二十五军长征及中原突围，都是翻越该段铁路。

1

1921 年，秋

一批知识分子在大别山

汇聚成满天星斗

陈策楼⁸的灯光彻夜不息

八斗湾⁹的教室辩论不止

两个火点

迅速蔓延

8　陈策楼位于今湖北省黄冈市黄州区陈策楼镇，是陈潭秋的故乡。1921 年 11 月，董必武、陈潭秋等在此建立了大别山区最早的党小组之一。

9　八斗湾位于今黄冈市团风县回龙山镇，1921 年 11 月，大别山山区早期的党小组在此建立。随着陈策楼和八斗湾党小组的成立，鄂东地区也成为大别山区大革命的策源地之一。

染红了乌桕

染黄了银杏

也染红了西天的一片晚霞

早醒的人们

像早春的柳树、樱桃树、梨树、桃树、

　杨树、石榴树、柿子树……

率先吐绿、开花、挂果

阳光之下

是那么的璀璨、耀眼、悦目

这些中国少年

意气风发，指点江山，激扬文字

星星之火

很快燎原成无数个

党小组、党支部、共产党员、共青团员

这些新鲜的事物

雨后春笋般

在大山中发芽、拔节

并很快长成新的竹园、树林……

2

年轻的国民党

选择了"联俄、联共、扶助农工"。[10]

国共两党第一次握手

细皮嫩肉的城市之手

从广州一路向北

从一座座城市

到一个个乡镇

一直伸到了大山之中

10　新三民主义的核心内容。1923年，在中国共产党的帮助下，国民党着手改组，并逐渐确定"联俄、联共、扶助农工"三大政策。

和略显粗糙的乡村之手

握在了一起

更为年轻的共产党

满怀豪情地卷入改造旧世界的洪流中

大别山上，疯狂地长出了

无数个农会、识字班、妇救会……

大革命[11]的惊雷

伴随着土豪劣绅的呻吟

在大别山上空炸响

11　1924年1月至1927年7月是第一次国内革命战争时期。第一次
国内革命战争是中国人民在中国共产党和中国国民党合作领导下进
行的反对帝国主义、北洋军阀的战争。亦称"国民革命"或"大革
命"。1924年1月，中国国民党第一次全国代表大会在广州召开，以
国共合作为基础的国民革命兴起。在中国共产党的积极参与和努力
下，大革命风暴迅速席卷全国。

狂风裹挟着大雨，滂沱而至

大地震颤，万物惊悚

3

翻耕的泥土

阳光下口吐芬芳

夜色里百虫嘶鸣

从最初抗租、抗息、抗债、抗捐、抗粮

到后来焚烧田契、房契，镇压土豪、劣绅

颠覆，地动山摇

阵痛，撕心裂肺

觉醒的种子被播下

还有仇恨的种子

山上的泥土并不肥沃

却是公平的

没过多久

觉醒就冒出了新绿

仇恨也开出妖艳之花

4

时间，有时给人惊喜
有时又让人恐惧
那握在一起的手
不知何时已经悄然分开
两个阶级的碰撞形同水火

蜜月——
美好，却短暂

被动摇了根基的统治阶级

暴露出吃人的本性

清党，分共——

如同大火中的竹竿爆裂

一声声清脆的声响

充满暴力

一场倒春寒

席卷了整个大别山

山南白雾迷蒙

山北银装素裹

5

四一二 [12]，七一五 [13]

强冷空气

从春天的上海

也从夏天的武汉

强势来袭

迎头撞向熊熊燃烧的革命之火

瞬间的冷却

激起了冲天白雾

12　1927 年 4 月 12 日，蒋介石在上海宣布"清共"，随之大肆捕杀共产党人和革命群众，史称"四一二"反革命政变。

13　1927 年 7 月 15 日，汪精卫在武汉宣布"清共"，随之大肆捕杀共产党人和革命群众，史称"七一五"反革命政变。"四一二"和"七一五"反革命政变，标志着第一次国共合作破裂，轰轰烈烈的大革命失败。

那是恐怖的颜色

是死亡的颜色

强烈的碰撞

使山峦失声

河流恸哭

仇恨被冰雪量化

凝结成死亡

凝结成冷冰冰的屠刀

6

轰轰烈烈的大革命

被无情扼杀

反攻倒算的还乡团[14]

面目狰狞、可憎

大雪覆盖下的稻田

被血水浸透、渗入……

成为红田[15]

14　大革命期间，共产党领导的农会和革命武装号召"打土豪、分田地"，把不少土豪劣绅赶出了家乡。这些地主土豪不甘心，于是就组成了反动武装还乡团。这些还乡团随国民党清剿军队进入苏区后，到处反攻倒算，烧杀抢掠，无恶不作。

15　1927年冬，"黄麻起义"失败后，敌人在河南省信阳市新县箭厂河乡一块不足30平方米的稻田里，杀害了300多名共产党员和革命群众，整片稻田被烈士的鲜血染红，史称"红田惨案"。

因杀戮而卷刃的山川

万物萧条

无颜色

呼啸的北风

卷起残雪

一遍又一遍

拍打着寒窗、柴门……

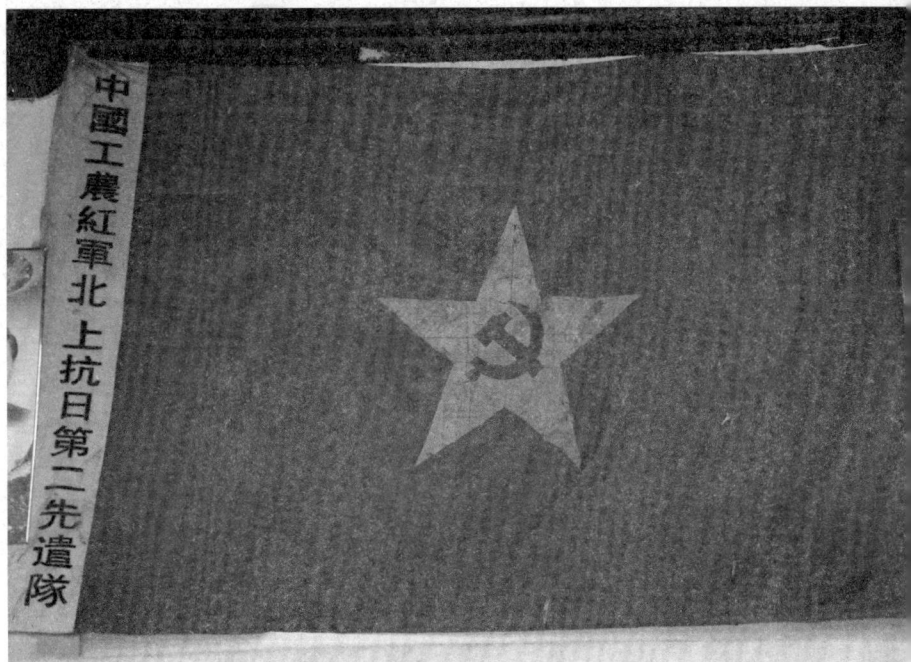

中国工农红军北上抗日第二先遣队队旗

鄂豫皖苏区及两次战略转移

（1927 年 11 月—1934 年 11 月）

7

大别山从死一般的寂静中苏醒

短暂的失忆过后

踉跄着起身

擦干岩壁上的水痕

如擦去泪痕

弹去树叶上的灰尘

如弹去噩梦

山挺直山脊

昂起山峰

握惯了镰刀、柴刀、锄头、斧头和犁耙的手

拿起了大刀、猎枪、土铳……

黄麻起义 [16]

商南起义 [17]

---

16 1927 年 11 月 13 日,湖北黄安 (今红安)、麻城两县农民近 3 万
人攻占了黄安县城,成立黄安工农民主政府、鄂东工农革命军和鄂
东特委,史称"黄麻起义",是大别山区著名武装起义之一。

17 是继黄麻起义之后,大别山地区的又一次规模较大的武装起义。
起义在中共商罗麻特别区委领导下,爆发于商城南部山区的 (今属安
徽金寨) 丁埠镇,因起义当天 (1929 年 5 月 6 日) 正值立夏节,故又
被称作"立夏节起义"。

六霍起义[18]

奠基的礼炮一次次炸响

以此为标志

一出"土地革命，武装割据"[19]的大戏

在大别山巨大的露天舞台上次第上演

18　是继黄麻起义和商南起义之后，在鄂豫皖边区爆发的持续时间最长、规模最大的一次武装起义。从 1929 年 11 月 16 日开始，至 12 月 25 日结束，起义是以六安、霍山等地为中心区域，以农民暴动和民团起义相结合的一系列武装起义的总称。

19　1927 年 8 月 7 日，中共中央在汉口原俄租界三教街 41 号（今鄱阳街 139 号）召开了紧急会议，史称"八七会议"。"八七会议"是在中国革命的危急关头举行的，会议确定了推行土地革命和武装反抗国民党反动派的战略方针。

一句"枪杆子里面出政权"[20]的唱词

在山峦间久久回荡

余音缭绕……

20　在"八七会议"上,提出了"枪杆子里面出政权"的著名论断。

8

红一军、红四军、红十一军、红二十五军、

　红二十七军、红二十八军、红十二军、

　红十五军、红八军、红四方面军 [21]

请原谅我简单、粗暴地罗列

这也许就是那个年代的方式

——打土豪

——分田地

简单、粗暴、有效

21　从1927年到1934年,大别山区先后诞生的以军命名的十支主力
红军队伍。

人民的拥护

发自肺腑、内心

迎风招展的十面军旗

大红的颜色

在万绿丛中显得格外抢眼

那是映山红怒放的颜色

是大自然的真情流露

9

当万山红遍

鄂豫皖苏区焕发出勃勃生机

于是，草木葱茏、葳蕤，繁花似锦

于是，《红军纪律歌》[22]

于是，《八月桂花遍地开》[23]

那一抹惊鸿的红

那惊鸿一瞥的红

22　诞生在大别山区的红军纪律歌，后随红二十五军北上传到陕北，是《三大纪律、八项注意》的前身。

23　诞生在大别山区的革命歌曲，曲调改编自大别山民歌《八段锦》。

震动了武汉，也震动了南京

几万，十几万，二十几万

几何式增加的敌人

一次次蜂拥而至

大别山上

第一次长出了整齐划一的马刀和枪刺

锋芒毕露的金属

在阳光的照射下

反射出刺眼的光芒

"围剿"与反"围剿"

第一次，第二次，第三次，第四次[24]

对与错，由成败论

……

过往的人

在舞台的中心

接受时光的捎色

也接受流水的淘洗

24　指从1930年至1932年发生在大别山区的前四次"围剿"与反"围剿"战斗。

10

一场又一场血战

一轮又一轮肃反

新集镇 [25]、七里坪 [26]、白雀园 [27]

血泪斑斑

大地和草丛

没有党派，也不讲门户

慷慨地接纳了所有的牺牲

牺牲，是死亡的代名词

25　新集镇，今新县，隶属于河南省信阳市，地处大别山腹地，曾为鄂豫皖苏区首府。

26　七里坪，隶属于湖北省黄冈市红安县，地处红安县北部，大别山南麓，与河南新县接壤。

27　白雀园，隶属于河南省信阳市光山县，地处光山县南部，大别山北麓，是鄂豫皖的主要肃反地。

大地，似母亲

草丛，似妻子

牺牲者

是功成者遗留在漫漫征途上的万古枯

一条极左的山路

布满荆棘，凹凸不平

走在上面的每一步

都注定了坎坷与艰辛

一条不归路

望不到尽头

山川被挤压变形

树林无法再庇护

红四方面军，四万多将士

怀揣理想和信仰

匆匆翻越平汉线

向西，向着他乡转移

11

人去，山留

凶残的敌人

再次选择了屠戮

夜色中的大山人影憧憧

伤病员、共产党员、军属、革命群众……

成为目标和靶心

"石头过刀，茅草过火，人要换种！"[28]

28　国民党军队的反动口号。

以卡房[29]为中心

九十里无人区内

只剩鬼神的哭泣

失血过多的大别山

失去了往日的鲜活、青翠……

当群山从噩梦中惊醒

它们拂去身上的硝烟和尘土

重新披挂上颜色

在收获的季节

29　卡房,隶属于河南省新县,地处大别山腹地,与湖北大悟宣化店接壤。1932 年,国民党在大别山制造九十里无人区的核心区。

重建红二十五军……

鄂豫皖省委一群人

站在山峰上

以七千人的海拔

标示出新的高度

12

郭家河、潘家河、杨泗寨 [30]

再次响起欢庆的锣鼓

人民像向日葵一般朴素生长

菜色的脸庞

朝向红军

朝向苏维埃

朝向共产党

---

30 郭家河、潘家河、杨泗寨,均为大别山区地名,红二十五军重建后,在这些地方连续取得大捷。

历史有很多相似性

面对输红了眼的东北军 [31]

红二十五军再次踏上了

那条极左的小道

——血战七里坪

四十二天 [32]，不眠不休

血肉之躯上

开出了钢铁之花

大山缄默无语

夜色无声撤退

31　1934 年 1 月张学良回国，3 月就任鄂豫皖"剿总"副总司令，部分东北军南下进入鄂豫皖根据地，开始"围剿"红二十五军。

32　1933 年 5 月 2 日至 6 月 13 日，中共鄂豫皖省委在王明"左"倾冒险主义军事战略方针的影响下，错误地估计了当时的形势，盲目强调完成"反攻时期"的作战任务，红二十五军围攻七里坪，血战42 天，付出巨大牺牲后被迫转移。

13

花岗寨、殷家湾、何家冲 [33]

大山成为羽翼

一棵千年银杏树下

沙场秋点兵

两千九百八十四名娃娃兵

组成中国工农红军北上抗日第二先遣队 [34]

翻越平汉线

——向西

---

33 花岗寨、殷家湾、何家冲,均为地名,分属于河南省信阳市光山县和罗山县,依次为红二十五军长征的决策地、集结地和出发地。

34 中国工农红军北上抗日第二先遣队,系红二十五军长征时对外宣称的部队名称。

像不熄的火种

撒向伏牛山 [35]

撒向豫鄂陕 [36]

撒向陕甘宁 [37]

一阵风吹过

所有的树木都站在原地

挥动树叶

---

35 伏牛山,位于南阳盆地北部,是河南省西部山脉,红二十五军长征前曾将伏牛山作为战略转移的目的地。

36 豫鄂陕是河南、湖北、陕西交界地区,1934年12月,中共鄂豫皖省委在率红二十五军撤离鄂豫皖革命根据地进入陕西省商洛地区后,在洛南县庚家河召开第十八次全委会议,决定鄂豫皖省委改建为中共鄂豫陕省委。

37 陕甘宁是陕西、甘肃、宁夏回族自治区交界地区,红二十五军长征最终到达地。

"沙沙"的摩擦声
是鼓掌，也是告别

村头，拄杖送行的老母亲
站在老槐树或老杨树下
眼里含满泪水
心中空无一物

耸立的纪念碑

大别山三年游击战争

（1934 年 11 月—1937 年冬）

14

大山善于埋伏

密林、山洞、草窠

成为理想的襁褓

一切有形的物体全都化整为零

同时，又聚零成整

军旗被收起

不再迎风飘扬

远离城镇和乡村

在大山深处

收拢、重建起一千多条信心

红二十八军，一千多人

枕戈待旦

风餐露宿

卧雪伏冰

每一座山峰

都藏着山洞一样朴素的胸襟

每一棵树木

都长有树叶一样警惕的眼睛

有时是猎手

有时是鸟兽

登高望远

隐蔽接近

突然袭击

"静如处子，动如脱兔。" [38]

打一枪换一个地方

从山川到理论

再从理论到山川

灵活、机动的游击战术

最终被定型

每当与死神相遇

山都会挺起胸膛

不躲不闪

38　语出孙武《孙子·九地》，比喻军队未行动时就像未出嫁的女子那样沉静，一行动就像逃脱的兔子那样敏捷。

怒目而视

死神不忍直视

只好仓皇逃离

死神和爱神

有时也偷懒、懒政

战士们总是在山顶瞭望

在他们眼里

这里就是他们的疆域、战场

他们经常会迎风低吟

"将军百战死，壮士十年归。"[39]

每次遇到，风都会把战士们的声音传出很远……

39　语出南北朝《木兰辞》,释义 :将士们经过无数次出生入死的战斗，有的牺牲了，有的十年之后得胜而归。

15

一千多个日夜

筚路蓝缕

饥寒交迫

无靠无依

白天，只闻鸟叫

夜晚，只听虫鸣

手中的枪支从来不曾入睡

它们因疲倦而显得空洞
黑洞洞的枪口
是仇恨的眼睛
还有大刀和长矛
因长时间的隐蔽、蜷缩
显得格外苍白

粮食、弹药、群众
在战士们胸中熊熊燃烧
每一项，都涉及生死

危及存亡

一切为了生存

一切为了发展

一切为了斗争

红军依赖山水

也向山水学习

隐蔽、躲藏、伏击……

他们是大山大水最好的学生

就像无处不在的

树木、石块、溪流

这些山川不可分割的部分

看似相对稳固

实际行踪不定

16

山石成床

树叶成被

不管春秋，也无论冬夏

每个人，都天生有着

大山一样的忍耐力

同时，心中又藏着猛虎的技艺和潜能

食不果腹

吃腐肉、野果

也吃草根、树皮

衣不蔽体

穿破衣、烂衫

也穿草鞋、蓑衣

所有这些

都不影响精神的富有

在他们的内心

拥有这大片山林

……

与世隔绝，并不可怕

荒无人烟，也不在话下

难熬的是

接不到上级指示

不知道外界消息

因此，每当有鸟儿飞过

战士们都会瞪大眼睛

竖起耳朵

他们是在仔细辨别鸟儿的种类

认真聆听鸟鸣的内容

他们甚至会向身边的小草提问

是哪阵风把你吹到了这里？

山外的溪水边是否还有亲人？

大别山上的迎客松

鄂豫皖边区抗日根据地

（1937 年 10 月—1945 年 8 月）

17

铁蹄和刺刀

杀戮与残暴

是侵略者的标配

一个野蛮的民族

丧失了基本的良知和人性

只剩下食肉动物

嗜血的本能

屠城、毒气、奸淫，无差别轰炸

无边的罪恶

在太阳下

袒露出丑陋的身体

大别山在战栗中被蹂躏

——安庆沦陷 [40]

——六安沦陷 [41]

——信阳沦陷[42]

——黄冈沦陷[43]

——随州沦陷[44]

——孝感沦陷[45]

整个鄂豫皖边区

裸露在日寇的刺刀下

大别山的至暗时刻

山川蒙羞

草木失色

42　1938年10月12日，信阳沦陷。

43　1938年10月23日，黄冈（原黄州）沦陷。

44　1938年10月26日，随州（原随县）沦陷。

45　1938年10月28日，孝感沦陷。

18

在撤退的路上

没有共产党人

他们在大山之中

与岩石同在

他们在群众之中

如细水长流

"国破山河在" [46]

46　语出杜甫诗《春望》。

沦陷的大别山

高悬于敌后

面对外敌

国共两党

再次挽起手臂

"地不分南北，人不分老幼"[47]

"四万万五千万"[48]——中华儿女

用情感，也用血肉

用无畏，也用谋略

共同筑起了一座血肉长城

47　语出 1937 年 7 月 17 日蒋介石在庐山发表的《抗战声明》。

48　指四亿五千万同胞。

19

一批批交通员来了

军长来了

昔日的对手

手持橄榄枝，成为友军

那些躲在深山老林的红军将士手持竹杖

从大山深处

走了出来

大山被改编

江南八省的所有红色武装被改编

就连山水和树木

也收起了帽子上的红五星

独立，成行

自主，生长

国民革命军陆军新编第四军 [49]

属山猴

星座不定

先天发育不良

49　1937年全国抗战爆发后，根据中国共产党与国民党当局的协议，将江西、福建、浙江、安徽、河南、湖北、湖南、广东八省境内15块游击区的中国工农红军和游击队改编为国民革命军陆军新编第四军，简称"新四军"。辖4个支队和1个特务营：第1支队由湘鄂赣边、湘赣边、赣粤边、皖浙赣边、湘南等地红军和游击队编成；第2支队由闽西、闽赣边、闽粤边及浙南等地红军和游击队编成；第3支队由闽北、闽东红军和游击队编成；第4支队由活动在鄂豫皖边的红二十八军和鄂豫边游击队编成；军部特务营由湘南、闽中等地红军和游击队编成。全军共1万余人。

20

还我河山！打倒日本帝国主义！中华民族

　万岁！

口号声响彻山谷

那抑扬顿挫的回声

传遍了大山的每一个角落

也传遍周边的平原、河谷

在鄂豫皖边的广大区域里

新四军第四支队 [50]

披坚执锐，纵横驰骋

化山川为神奇

化草木为奇兵

辗转腾挪间

山川辽阔，草木欢腾

曾经不可一世的日军

在大山之中

成为惊弓之鸟

50　新四军四大主力支队之一。1938 年春，原鄂豫皖红军第二十八军和鄂豫边红军游击队合编成新四军第四支队，下辖第七、第八、第九团、手枪团和直属队，共 3100 余人。是新四军四个支队中人数最多、装备最好、实力最强的一个支队。

那些原本就狐假虎威、为虎作伥的汉奸、伪军

更是惶惶如丧家之犬

21

寒来，暑往

生离，死别

是日常，更是家常

大别山，以个人英雄主义的豪迈

也以集体英雄主义的旷达

孤悬于敌后

凭借磐石一样的意志

流水一般的智慧

成为华中地区唯一的

中国武装

中国力量

中国希望

22

那些原本粗糙的花岗岩、片麻石、黑云母……

最终都百炼成钢

成为杀敌的利器

他们是战争的参与者

也是历史的见证人……

历史，是一面由人民组成的镜子

既能够照出忠臣良将

也能照出大奸大恶

新四军的强大

让重庆坐卧不安

入库不久的屠刀

被再次征用

——皖南被出卖 [51]

——新四军被出卖

——九千多中华儿女被出卖

51　指"皖南事变",1941 年 1 月 4 日,驻扎在皖南泾县云岭的新四军军部及其所属部队 9000 余人, 突遭国民党军队 80000 余人的包围袭击。除 2000 多人突围外, 3000 多名指战员壮烈牺牲, 其余被俘。

23

草木含悲，露水成河
但草木和露水都无权放弃
面对背信弃义和同室操戈
临危受命的将军们……
收拾旧部，重整山河

命运多舛的中华民族
需要泥土的大义

更需要岩石的担当

大别山，重披五师⁵²的战袍

持长枪，也擎红旗

骑白马，也乘战车

御强敌于山野、田垄

缚日寇于据点、炮楼

52　1941年1月新四军重建后，统一组编华中部队为7个师和1个独立旅。其中第五师主要活动于鄂豫陕湘赣皖六省邻近地区。

24

所有的侵略

都没有好下场

这是历史的规律

更是正义对邪恶的惩罚

一场持久战

一条抗日民族统一战线

彻底瓦解了日本军国主义的殖民梦

——无条件投降

像五个手指印

狠狠地印在了"膏药旗"[53]的"脸上"

所有的山，都忍不住喜极而泣

所有的树，都禁不住激情相拥

所有的人，都情不自禁地振臂欢呼

是的，八年

用大刀，也用毛笔

用宣纸，也用步枪

---

53 指日本国旗"太阳旗"。

以缴获的钢盔为砚

以一腔热血为墨

大别山英雄儿女

同仇敌忾，前赴后继

书写了一部彪炳史册的抗战史诗

怒放的杜鹃花

中原突围

（1946 年春夏）

25

欢庆的鞭炮、锣鼓、秧歌

余音未了

夜色中，隐隐传来了"霍霍"的磨刀声

欲来的山雨

被大风提前走漏了消息

谈判、军调、协定

不等于和平

更无法制止战争

三十多万国民党中央军

全美械，机械化

蝗虫一般扑向解放区

中原军区[54]五万多条年轻生命

在疾风和骤雨中摇摇欲坠……

54　抗日战争胜利后，中央军委为适应形势需要，于1945年10月
30日将新四军第五师、八路军河南军区部队、冀鲁豫军区部队一部
与自湘粤边北返的八路军南下支队（第三五九旅主力）组成中原军区，
下辖河南军区、江汉军区、鄂东军区和第1纵队、第2纵队。中原
军区在以河南省桐柏山，湖北省大洪山、大悟山为中心的地域内，
坚持与国民党进行斗争。

中央来人了

美国也来人了

宣化店[55]，一个鄂东北的弹丸小镇

吸引了全世界的镁光灯

在鲜花和掌声之中

硝烟的味道越来越浓

宣化店绝不能成为第二个皖南

司令部彻夜不眠

延安更是焦急万分

55　宣化店，地名，隶属于湖北省孝感市大悟县，地处大悟县东北部，东与河南省新县卡房乡相连。1946 年 1 月至 6 月，为中原解放区党政军机关驻地。

"嘀嗒嘀嗒"的电报声

像急促的雨滴敲击着门窗

突围！突围！突围！

金蝉脱壳，打草惊蛇，瞒天过海，暗度陈仓，

　　走为上策……

三十六计，一计接着一计

请记住这个夜晚

1946 年 6 月 26 日 [56]

大别山徐徐拉开沉重的夜幕

56　1946 年 6 月 26 日，国民党当局不顾全国人民的强烈反对，以围攻宣化店为中心的中原解放区为起点，向全国多个解放区展开大规模的进攻，全面内战爆发。

一出"解放战争"的人间正剧
来不及预演和彩排
就在马蹄般的开场锣鼓中
跑步登场

三路主力，像三支离弦之箭
马走日，象走田，车走直线……
从容翻越平汉线

——向西

沿着大山的走向

从一座山，走向另一座山

像投亲，像靠友

但实际上，沿途暗藏了

无数的杀机、陷阱……

只有人喊马嘶的一纵一旅[57]

向东，向着太阳升起的方向

——佯动

57　中原军区所属部队，有6000人。

六千多人，是掩护，也是诱饵

大山在睡梦中被惊醒
惊恐的小草贴地细听
急促的马蹄声碎
军号声咽

冲杀、牵制
攻城拔寨，昼夜不停
奔袭、脱险

过关斩将，千里走单骑

一条蛇形之路

在大山之中

也在旅首长的心里

随意、弯曲、变形

本就是山水的走势

不勉强，不刻意，不喧哗

他们只是在现实版的地图上

进行了一次全天候的模拟和演习

……

走，或留

大山都坦然接受

他会跟随大军的脚步

一路护送，直至他们走出自己的视野

然后不疾不徐

沿原路返回

当所有移动的事物全部走尽

山成了自己的根据地

他们一个个盘腿而坐

面对面，或背靠背

双手合十，迎风祈祷

为远行的游子

也为留下的一切

偶尔的牵挂

像柳絮，也像杨絮

被风一吹，就能到达很远的地方

随遇而安的人们

遇水而驻，逢土成祥

于是，无数的思念

在他乡发芽

无数的想象

在梦里抱窝

……

春天的长江北岸

坚守豫鄂边
（1946 年 7 月—1947 年 8 月）

26

大山被再次掏空

人民再遭厄运

失去保护的党组织和基层政权

像被连根拔起的大树

在烈日的暴晒下

失语，枯槁

人为制造的

山火、滚石、滑坡

此起彼伏

大别山

在痛苦中痉挛、颤抖、抽搐……

一幕幕人间悲剧

像雷暴、冰雹

在夏天，也在冬日

反复袭扰

无数次的冰封、霜打

哭泣的溪水一路向下

冰凉如诉……

冷，来自刀砍

也来自火灼

从身体之痛

到心灵之恸

人类之间的残杀

令河流失态，大地动容……

当春天重新涂抹大地

万物悄然复苏

贫瘠的山地上

悄悄冒出了一些新芽

一棵棵，一片片

开出倔强的小花

一百人，两百人，五百人……

路西工委，豫鄂独立支队 [58]

鄂皖地委，贾庙便衣队 [59]

---

58 59　中原突围后，坚守在鄂豫皖边区的共产党人成立的工委、党委组织和地方武装。

合并、分散

再合并，再分散

在悬崖上，也在深沟里

默默绽放

是坚守，也是期望

那是岩石之花

也是钢铁之花

石头和铁的属性

令其坚不可摧

同时，又无坚不摧

面对残酷的"围剿"、追击

大山发出吼声

"人不畏死，奈何以死惧之。"[60]

朴素的大山

有高，有低

但有一座算一座

在表皮的泥土之下

60　语出《老子》第七十四章。释义：人民不怕死，又怎么能用死来威胁他们呢？

都是坚硬的花岗岩

他们像共产党人一样

致密、坚韧、忠诚、牢靠

誓言一般铿锵

金属一般凝重

"随时准备为党和人民牺牲一切，永不叛

　党。"[61]

年轻的生命

在血肉之躯上

---

[61]　语出中国共产党《入党誓词》。

用阳光，也用月光

刻下一道道年轮

金色的刀疤

是青春痣，也是军功章

在崇山峻岭中

在茂林修竹间

战士们冬练三九，夏练三伏

一个个身形矫健

行如风，站如松，坐如钟，卧如弓

大刀、长矛、手榴弹、步枪⋯⋯

十八般武艺，样样精通

桐柏山 [62]，四望山 [63]，大洪山 [64]，天台山 [65]

以及数不清的丘陵、土岗

有抗争的地方就有牺牲

泥土有知

山山埋忠骨

62　桐柏山，位于河南省南部，为鄂、豫两省界山，系大别山余脉，主峰太白顶，海拔1140米。

63　四望山，位于信阳市浉河区西部，属大别山脉，主峰祖师顶，海拔906.4米。

64　大洪山，位于湖北省随州市西南部，界于汉江和须水之间，属大别山脉，主峰海拔约1055米。

65　天台山，位于红安县城北33千米处鄂豫交界处，属大别山脉，主峰海拔817米。

襄河、石磅河、浉河、小潢河 [66]

以及道不尽的支流、河汊

有牺牲的地方就有故事

河流有灵

河河祭英魂

所有的忠骨都有出处

他们有名有姓

所有的英魂都有故乡

他们有父有母

66　发源于大别山北麓的四条河流，均为淮河支流。

所有的山，都是临时安放

所有的水，都是代为寄存……

寺庙里也有春天

刘邓大军来到大别山

（1947 年 8 月—1948 年春）

27

首先是淮河

当一批批身穿土布军装的人

卷着裤腿蹚水过河时

她就一眼认出了这些子弟兵

尽管她能分辨出

这些不是大别山子弟

但却熟悉他们身上的气息

不远处的大别山也一阵骚动

他在战马的嘶鸣和铿锵的跑步声中惊醒

也许仅仅是直觉

一个等待了一年之久

望眼欲穿的老母亲

一把就把大军揽入怀中

像接回一条溪流、一块岩石、一只野兔

瞬间将他们隐于无形

千里跋涉

为的就是这十万大山

中原野战军 [67]，十二万人

像射向黑夜的十二万支响箭

带着战略进攻的哨音

划过黎明前的夜空

那黑夜，是独裁者的化身

看似华美的外衣上

满是虚伪和反动

67　中原野战军在解放战争时期，是中国人民解放军主力部队之一。

二十一天 [68]

轻装，徒步，且战且走

在付出减员四万人的代价后

取得了预想中那个最好的结果

紧张、疲惫、焦虑……

在进入大山的瞬间得以化解

山川是屏障

山川是保护

山川是家园

68　1947 年 8 月 7 日至 28 日，中原野战军 12 万人，用时 21 天，千
里跃进大别山，拉开了解放战争从战略防御到战略进攻的序幕。

进入大山，对战士们而言

如池鱼得水

如猛兽归林

……

一根楔子，或鱼刺

麦芒般，卡在了武汉的喉咙之中

搠在了南京的卧榻之侧

也就是从这一刻起

蒋家王朝的大厦将倾

虽然只是毫厘的裂纹

但崩塌的大势

已不可避免

那些北方的脚、胃

那些北方的习惯、思维

从一望无际的大平原

最终踏上了崎岖的山路

从馒头、玉米、红薯、大豆

到略显坚硬的米

他们需要重新学习、忍耐

那些北方的方言、俗语

那些南腔北调

在山野间碰撞、回荡

如果军队是鱼

那么老百姓就是水

三大纪律、八项注意

解放军以铁一般的纪律

获得了大山的信任

那个因违反群众纪律

被枪毙的战斗英雄赵桂良 [69]

在这大山之中获得了永生

历史的车轮滚滚

"顺之者昌，逆之者亡" [70]

大山的选择，代表了人民

69　赵桂良，中原野战军直属警卫团三连副连长。1947年10月，中原野战军司政机关到达鄂东黄冈总路嘴，群众因不明真相都逃进了山里，赵桂良进入一家店铺，找不到店家的他没有留钱，就拿了两匹布和一捆粉条，还有一些白纸和几支毛笔。虽然他拿东西不是为了个人，但最终还是因为违反群众纪律而被公审枪毙。

70　语出汉代史学家、文学家司马迁《史记·太史公自序》。释义：指天道和自然规律不能违背。

——一面明镜

高悬于世道、人心

鉴古而知今

那淮河上阻挡追兵的洪峰

那大山里晕头转向的敌人

反复证明了大别山的属性

一座山的全部

天赋予时

地赋予利

人赋予和

……

解放战争的隆隆炮声

踏着鼓点、节拍来了

像暗夜里瞬间的闪电

照亮了夜空

像霹雳一样的春雷

由远及近

像大地的脉搏、心跳

狂野，强劲，奔放

雷霆万钧，旁若无人

……

上岸修行的锚

解放了

（1949 年春）

28

春风从淮河北岸吹来

那是穿着粗布军装

扎着绑腿的风

他们一路向南

刮过一个个城市

也刮过一个个乡村

虽然有些匆忙

却足够踏实

他们舒适、温暖、和气

轻拂在淮河两岸的脸上、身上、花朵上……

四月扭动腰肢、手臂

跟随秧歌的节奏

欢庆春天般的胜利

解放了！解放了！解放了[71]！

71　1949 年春，大别山区陆续解放，回到了人民手中。

人们奔走相告

山坡绿了

树林绿了

一只小松鼠

也从栖居的树洞探出头来

惊喜地打量着眼前的新世界

一个红旗招展的新世界

从城镇，到乡野

随风飘动

无声入夜

一个个舒适的夜晚

适合做美好的梦

然后在早晨检验是否成真

山和水，也都松下了紧绷的神经

解除了戒心

虽然还不大习惯

但已经不再怀疑

整个大别山彻夜不眠

被兴奋、骚动、向往

激活了的动物和植物

通宵狂欢

这是他们的节日

盛大，而又庄重

你听，他们正在呼唤共和国的乳名

接收、改造、分配

所有的一切

都需要重新组词、造句

并找到新的含义……

一座社会主义的大山

端倪初现

一级级人民政权

在大山中安家

大山从此

再不用隐姓埋名

而是当家做主

成为自己的主人

尽管泥土里的弹片还没锈尽

但弹坑里长出的小树

已经有了各自的树荫

那是新中国的第一批树苗

生在新中国，长在红旗下

用不了多久

他们就将成为新的旗杆

被送往机关、学校、工厂、矿山……

在清晨，也在傍晚

伴随《义勇军进行曲》⁷²

升起一面面崭新的五星红旗

作为胜利者

也作为那五星中的一员

大别山可以豪迈地抬头、挺胸

也可以自豪地寻找、追忆

随时都可以动情地讲述——

"党的故事、革命的故事、根据地的故事、

72 中华人民共和国国歌。

英雄和烈士的故事"[73]

当夜晚降临

忙碌一天的大别山

擦去额头的汗水

开始对着月亮梳妆

它要恢复少女的清秀和柔情

洗尽被硝烟熏黑的面庞

夺回被战火耽误的青春

找到属于自己的爱情

73　2019年9月16日，习近平总书记在河南新县叮嘱当地干部要讲好"四个故事"。

还有那些烂漫的杜鹃花

再不用担心炮火的洗礼

而有的是时间慢慢绽放

她们为此需要

重新计算自己的花期

她们永远也不会变色

她们身上的红色基因

与大山同在

与河流共存

……

2021 年 3 月 17 日　信阳作家一行六人在大别山采访期间合影于黄冈寒食林

尾 声

群山如塑

矗立、匍匐于大地之上

二十八年烽火如熔炉

不断地冶炼,反复地淬火

最终锻造出三百三十五颗将星 [74]

他们闪耀在大别山的上空

也闪耀在新中国的夜空之中

---

74 在大别山战斗过的335人分别于1955年和1988年被授予军衔,其中元帅1人、大将3人、上将18人、中将40人、少将273人。

这些共和国元帅、大将、上将、中将、少将……

以共和国奠基者的身份

赢得了无上荣光

无数的纪念碑、烈士陵园、无名烈士墓

散落在山峦、沟壑之中

他们的主人熟悉这里

如同熟悉自己短暂的一生

那些有名有姓的革命烈士

以及数十万无法被历史一一记住的

普通战士、共产党员、革命群众……

这些革命先驱、烈士、无名英雄

以共和国奠基石的身份

同样赢得了无上荣光

曾经的军号、刀枪、草鞋、油灯……

已进入博物馆、纪念馆

那些金属因寂寞而生锈

木枪托因怀念而龟裂

他们或许还不知道

窗外的大山大川

早已还原成了原有的模样

随时可以列队

接受时光的检阅

每当看到飘扬的国旗

就会想到那二十八年不倒的红旗

其实，不是红旗不倒

而是她早已长在了人民的心中

像血肉一样紧密

根本无法剥离

行走在这山川之中

稍不留神

就会被身边的事物或人物感动

草木或山石

和那些先贤、乡贤一样

都是历史不可分割的部分

都是大自然本身

我们今天的抵达

是缅怀，更是致敬

以此山为尊

用不同的乡音、俗语、五句山歌 [75]

把一年四季、十二个月、二十四节气

反复吟唱

——春华秋实，物阜民丰

渴了，就用山泉、露水、井拔凉

---

75 大别山民歌，特点都是以五句形式表现。

冲泡大别山所特有的茶叶

信阳毛尖、桐城小花、霍山黄芽、六安瓜

片[76]……

大山的馈赠

远远不止这些

一座山，就是一座宝藏

取之不尽，用之不竭

并且能够无限生成

循环、往复

---

76 大别山区特有的茶叶品种。

对一座山而言

百年如一日

山以老兵般

标准的站姿、跪姿、卧姿

始终保持着

应有的本色和风度

——稳重、朴素、讳莫如深

一首长诗至此进入高潮、尾声

一座山也进入了他的荣耀时刻

"坚守信念、胸怀全局、团结一心、勇当

　　前锋"[77]

十六个字，字字千钧

堪与大山共存

这是属于山的光荣

更是属于山的财富

2021 年的 7 月 1 日

建党一百年的盛典刚刚结束

2049 年的 10 月 1 日

新中国成立一百年的盛况可期

在"两个一百年"[78]的历史节点上

大别山依然走在时代的前列

脱贫攻坚，乡村振兴

全面小康，共同富裕

"两个更好"[79]谱新篇

一座山的初心

就是青山绿水

一座山的使命

78　指建党 100 年和新中国成立 100 年。

79　2019 年 9 月 16 日，习近平总书记在河南新县提出"要把革命老区建设得更好，让老区人民过上更好的生活"。

就是和谐共生

一座山的理想

就是自由平等

一座山的情感

就是千秋和平

2021 年 4 月动笔

2022 年 4 月定稿